AF176634

FSC
www.fsc.org

MIX

Papier aus ver-
antwortungsvollen
Quellen
Paper from
responsible sources

FSC® C105338

Christoph-Maria Liegener

Flüsterparolen

Satire

© 2021 Christoph-Maria Liegener

Herstellung und Verlag:
BoD – Books on Demand, Norderstedt
Cover-Bild: Shutterstock

ISBN:
9783754300527

Das Werk, einschließlich seiner Teile, ist urheberrechtlich geschützt. Jede Verwertung ist ohne Zustimmung des Autors und des Verlages unzulässig. Dies gilt insbesondere für die elektronische oder sonstige Vervielfältigung, Übersetzung, Verbreitung und öffentliche Zugänglichmachung.

Inhalt

Die Dreckschleuder

Mathilde war eine Dreckschleuder, also eine bösartige Klatschtante. Über jeden und jede in ihrer Umgebung hatte sie etwas zu erzählen. Und immer nur Schlechtes.

Trotzdem war sie in der Firma allseits beliebt. Als Quelle nie versiegender Klatschgeschichten trug sie zur Unterhaltung der Kollegen bei. Man konnte ihr stundenlang zuhören, durfte sie nur nicht ernstnehmen.

Hinzu kam, dass sie nicht unattraktiv daherkam, allerdings gerade so auf der Grenze, dass man ihre biologische Uhr ticken hörte. Irgendwie hatte sie keinen Mann abbekommen, obwohl es an Versuchen ihrerseits nicht mangelte und sie sich über einen Mangel an sexuellen Kontakten nicht beklagen konnte. Jedoch hatten die wenigsten Lust, ihre intimsten Geheimnisse von Mathilde auf den Firmenfluren verbreiten zu lassen. Eine eigene Persönlichkeit schien die Dreckschleuder nicht zu haben, fungierte eher als ein Filter, der den ganzen Schmutz der Umgebung sammelte und dann genüsslich ausschüttete.

Sah sie auf dem Flur ihrer Firma zwei Menschen im Gespräch beieinanderstehen, so dichtete sie ihnen sofort eine Affäre an. Das fing bei Olaf, an, der sich mit Anna gut verstand. Beide waren verheiratet, aber nicht miteinander. So oft sie sich sahen wechselten sie ein paar Worte miteinander. Mathilde missgönnte den beiden ihre gegenseitige Sympathie.

Nun traf es Olaf allerdings nicht ohne eine gewisse Mitschuld. Er hatte zuvor einmal an Mathildes Kaffeerunde teilgenommen, die diese mit einigen anderen Sekretärinnen abhielt. Er kam zufällig gerade vorbei und wurde eingeladen. Eine große Ehre, die er aber offenbar nicht recht zu würdigen wusste!

Als er ging, bemerkte er scherzhaft:

„Es hat mir wirklich Spaß gemacht. Bei euch komme ich mir so richtig intelligent vor. Hahaha."

Es war als Witz gemeint, aber die Damen lachten nicht. Olaf wurde nie wieder eingeladen.

Nunmehr sah Mathilde die harmlosen Gespräche zwischen Olaf und Anna mit anderen Augen. Sie fand, dass die beiden doch zu vertraut miteinander umgingen. Dann fiel ihr noch etwas auf: Die beiden standen näher beieinander, wenn sie sich unbeobachtet glaubten, rückten auseinander, wenn jemand in der Nähe war. Mathilde hielt das für ein untrügliches Zeichen dafür, dass die beiden eine Affäre hatten.

Alsdann begann sie, die erfundene Geschichte von der Affäre als Tatsache herumzuerzählen.

Es liegt in der Natur der Sache, dass die beiden, um die es ging, nichts von dem Getuschel mitbekamen. Sie spürten zwar die verstohlenen Blicke, wunderten sich auch schon mal über einen ironischen Unterton, wenn andere ihre Ehepartner grüßen ließen, konnten sich aber keinen Reim darauf machen.

Ähnliches passierte mit Jan und Jakob, als Mathilde bemerkte, wie Jan einmal Jakob am Ellenbogen berührte. Es war nur ein leichter Klaps unter Kumpels, aber Mathilde glaubte, ein homosexuelles Verhältnis entdeckt zu haben. Sie erzählte es herum und bald galten Jan und Jakob als schwul. Damit gilt man heute zwar nicht mehr als aussätzig, aber trotzdem: Wenn man nicht homosexuell orientiert ist, möchte man im Allgemeinen auch nicht für homosexuell gehalten werden – einfach, weil es zu Missverständnissen führen kann.

Besonders hatte Mathilde es auf Theo abgesehen. Hatte es damit zu tun, dass er noch Junggeselle war und Mathilde immer auf der Suche nacheinem zukünftigen Ehemann war?

Oder hatte es damit zu tun, dass Theo sich am wenigsten wehren konnte? Er führte ein Dasein als Außenseiter, bemerkte nicht, was über ihn getatscht wurde und konnte selbst keine Gerüchte in die Welt setzen.

Mathilde kehrte einfach die Realität um. War in Wirklichkeit sie hinter ihm her, erzählte sie herum, dass Theo sie stalke. Der arme Kerl erntete merkwürdige Blicke von den Kollegen, hatte aber keine Ahnung, weshalb.

Explizit sagen wollte es ihm keiner. Wer weiß, was dann passieren würde. Für wahr hielt es sowieso keiner. Aber müsste man ihn nicht warnen? Ein wohlwollender Kollege versuchte es indirekt:

„Hast du schon mal bemerkt, wie Mathilde über die Leute tratscht. Über jeden erzählt sie etwas Schlechtes."

Er hielt einen Augenblick inne, um dann hinzuzufügen:

„Aber wirklich über jeden… Ohne Ausnahme!"

Dabei sah er Theo bedeutungsvoll an. Er hatte wohl erwartet, dass der Groschen fiel und Theo fragte:

„Auch über mich?"

Das geschah jedoch nicht. Theo konnte diesen Gedankensprung einfach nicht be-

11

wältigen. Seines Wissens gab es bei ihm nichts, worüber jemand schlecht reden konnte. Natürlich war er nicht perfekt, aber seine Schwächen waren allgemein bekannt. Da gab es nichts zu verraten.

Auf den Gedanken, dass Mathilde Unwahrheiten über ihn verbreiten könnte, kam er nicht. So ein unbedarfter Naivling! Man konnte ihm nicht helfen.

Mathilde wiederum konnte man auch nicht verstehen. Jeder konnte sich denken, dass in Wahrheit sie hinter Theo her war. Aber warum verhielt sie sich dann so fies ihm gegenüber? Warum war sie nicht einfach lieb und nett zu ihm, wenn sie ihn gewinnen wollte?

Ganz einfach: Weil sie es nicht konnte. Das Miesmachen lag ihr im Blut, andere Mittel standen ihr nicht zur Verfügung. Offenbar hatte sie nie gelernt, freundlich zu sein. Eine bedauernswerte Person, aber nicht so bedauernswert wie der Unglücksrabe, der sie einmal zur Frau bekommen würde. Na, im Augenblick sah es nicht danach aus, dass jemals einer in diese Falle tappen würde.

Der Chef

Mit ihrem Chef verstand sich Mathilde gut. Das beruhte darauf, dass sie seine Macken ertrug und er im Gegenzug sie nicht kontrollierte. Der Chef arbeitete dann, wenn ihm danach war, morgens selten, dafür aber oft spät abends. Wie er mit dieser Einstellung Chef werden konnte, würde ein Rätsel bleiben.

Jedenfalls war er der Chef und er erwartete, dass Mathilde ihm für die Sekretariatsarbeiten dann zur Verfügung stand, wenn er sie brauchte. Für Mathilde stellte das kein Problem dar: Sie hatte kein Privatleben, konnte dableiben. Der Chef hatte zwar eine Familie, verlangte aber von Frau und Kindern, sich seiner Arbeit unterzuordnen. Entsprechend war er nicht oft zu Hause. Wenn er es dann aber war, wollte er gebührend gefeiert werden.

Mathilde hatte also tagsüber genug Zeit, tratschend über die Flure zu ziehen und die neuesten Flüsterparolen zu verbreiten.

Nur sollte sie es mit der Gutmütigkeit ihres Chefs nicht übertreiben. So zum Beispiel, als sie eine Gehaltserhöhung wollte.

Sie sprach mit ihm darüber nach Feierabend:

„Wann könnte ich denn mal mit einer Gehaltserhöhung rechnen, Chef?"

Der Chef lächelte und antwortete:

„Ich habe da eine gängige Testfrage aus den Bewerbungsgesprächen unserer Firma. Wenn Sie die richtig beantworten, bekommen Sie Ihre Gehaltserhöhung."

„Dann fragen Sie, Chef!"

„Wieviel Erde befindet sich in einem Loch mit den Maßen 3m x 4m x 5m?

Mathilde überlegte einen Moment und platzte dann heraus:

„Sechzig Kubikmeter."

Der Chef lachte:

„Falsch! In einem Loch befindet sich gar keine Erde mehr."

Mathilde schnappte ein:

„Das war eine Fangfrage!"

Dann schaltete sie um und versuchte, verführerisch zu wirken. Sie klimperte mit den Augen, während sie nachhakte:

„Wollen Sie es sich nicht noch einmal überlegen?"

Wollte sie ihrem Chef etwa Sex für eine Gehaltserhöhung anbieten? Nicht ernsthaft natürlich, aber sie bildete sich wohl ein, dass ihr Chef das von ihr wolle. Eine typische Projektion.

Der Chef blieb hart:

„Im Augenblick nicht. Tut mir leid."

Es ging in den nächsten Tagen noch so, dass Mathilde heimliche Andeutungen machte. Der Chef merkte zuerst nichts davon. Später, als ihm Merkwürdigkeiten auffielen, ignorierte er sie, tat so, als würde er weiterhin nichts bemerken.

Mathildes Meinung nach wäre nun der Chef dran gewesen, ihr die Gehaltserhöhung zu bewilligen. Das geschah nicht, konnte nicht geschehen, da der Chef von nichts wusste. Nun schwenkte Mathilde um, rüstete sich für einen Rachefeldzug gegen ihren Chef. Der sah so aus, dass sie den vermeintlichen Deal publik machte, natürlich nicht in der ursprünglichen Version, dass sie sich prostituiert hätte, sondern in der Form, dass der Chef ihr diesen Deal gegen ihren Willen angeboten hätte.

Prompt erzählte Mathilde überall herum, ihr Chef hätte ihr eine Gehaltserhöhung gegen Sex angeboten. Die wenigsten glaubten es und dennoch verbreitete sich die Flüsterparole rasend schnell. Bald hatten alle davon gehört, nur der Chef nicht.

Wie konnte sie mit so einer absurden Unterstellung glaubhaft wirken? Ganz einfach: Weil sie selbst daran glaubte. Sie selbst hatte sich den Deal ausgedacht, hatte ihre Andeutungen dem Chef gegenüber gemacht und sich eingebildet, von ihm Resonanz zu bekommen. So vermeinte sie zu sehen, was sie sehen wollte. Einen Wimpernschlag, ein Blick, ein Räuspern, alles interpretierte sie in ihrem Sinne. So viele unbewusste Gesten führen die Menschen aus, dass man durch einen geeigneten Filter viel hineinlesen kann. Für Mathilde passte alles: Sie glaubte an den Deal.

Der Chef wunderte sich über die merkwürdigen Blicke, mit denen ihn alle musterten. Es gehörte schließlich zu den Spielregeln, dass er nichts von dem Gerede erfuhr.

Ein Gerücht muss man immer spiegeln, d.h. daraufhin abklopfen, wer es verbreitet und warum. In so einer großen Firma wie der, in der Mathilde arbeitete, gab es natürlich einige, die sich diese Gedanken machten. Sie fragten sich, ob die Gerüchte nicht vielleicht verschleiern sollten, dass Mathilde es war, die sich dem Chef angeboten hatte und von diesem zurückgewiesen worden wäre. Das lag ja nun von der Wirklichkeit gar nicht mal so weit entfernt und wurde unter Kollegen gern diskutiert. Es gefiel ihnen offenbar, die Dreckschleuder selbst mit Dreck zu bewerfen. Wie üblich bei Gerüchten, erfuhr in diesem Fall Mathilde nichts davon. Natürlich auch nicht ihr Chef.

Mathilde bekam andererseits die hämischen Blicke mit. So wenig sie auf die Gefühle anderer Rücksicht nahm, so empfindlich gab sie sich, wenn ihre eigenen Gefühle betroffen waren. Sie konterte Derartiges sofort, indem sie über jeden, der sie schief ansah, eine kleine Bosheit verbreitete. Da genügte ein harmloses Bussi auf die Wange und schon dichtete die argwöhnische Mathilde dem Betreffenden eine sexuelle Beziehung an.

Das wirkte und jeder benahm sich Mathilde gegenüber vorsichtig.

Ihr Chef hatte von alldem nichts mitbekommen. So konnte Mathilde weiter ihr bequemes Leben führen, allerdings ohne die gewünschte Gehaltserhöhung.

Die Assistenten

Mit den Assistenten ihres Chefs flirtete Mathilde ganz ungeniert. Sie lud gern mal einen zum Weihnachtsball der Versicherungsbranche ein.

Die Karten für diesen Ball bekam Mathilde als Chefsekretärin jedes Jahr vom Chef mit der Bitte, unter seinen Mitarbeitern herumzufragen, wer daran Interesse hätte. Das tat sie jedoch nicht, sondern verwendete sie auf ihre Weise.

Dann sagte sie zu Beispiel zu einem ihrer Favoriten:

„Ach, Armin, ich habe hier zwei Eintrittskarten zum Weihnachtsball der Versicherungsbranche bekommen, aber gerade keinen Begleiter. Hättest du nicht Lust mitzukommen?"

Armin dachte sich nichts dabei und ging mit. Da er aber nichts aus der Situation machte, fiel er bald bei Mathilde in Ungnade.

Als Armin später eine eigene Tanzpartnerin fand, wollte er auch mit dieser zu dem Ball gehen. Er erkundigte sich und erfuhr, dass er einen Anspruch darauf hätte und diesen bei Mathilde anmelden könne. Das tat er denn auch, aber es sollte ihm schlecht bekommen. Zunächst traf ihn ein vernichtender Blick. Er hatte damit ja schließlich zum Ausdruck gebracht, dass er diesmal nicht mit ihr, sondern mit einer anderen Person dorthin gehen wollte, wo er vorher mit ihr gewesen war. Eine Unverschämtheit!

Dann stellte Mathilde fest:

„Dafür ist es jetzt noch zu früh."

Gut, das akzeptierte er

Zwei Wochen später versuchte er es erneut und erhielt die gleiche Antwort.

Abermals zwei Wochen später bekam er zu hören:

„Jetzt ist es zu spät."

Das wollte Armin sich dann doch nicht gefallen lassen und drohte, zum Chef zu gehen. Da gab Mathilde nach und händigte ihm die Karten aus. Dafür würde ihr ewiger Hass Armin ab jetzt verfolgen.

Sie verbreitete die Flüsterparole, dass Armin Firmengelder unterschlagen habe, um sich davon einen teuren Sportwagen zu kaufen. Tatsächlich hatte Armin sich einen Sportwagen gekauft, aber das Geld dafür stammte aus einer Erbschaft, über die er nicht geredet hatte. Unterschlagen hatte er nichts. Rechtfertigen konnte er sich jedoch auch nicht, weil keiner die Anschuldigungen ihm gegenüber offen zur Sprache brachte.

Natürlich gab es nicht nur männliche Assistenten des Chefs. Unter den weiblichen ragte besonders Régine hervor, eine einmalige Schönheit und hochgebildete Frau. Ihr ebenmäßiges Gesicht glich dem einer griechischen Göttin. Über ausdrucksvollen großen blauen Augen und der hohen Stirn wehte eine blonde Mähne im

Wind wie bei einem Wildpferd. Ihr Wesen strahlte Freundlichkeit und Sympathie aus.

Alle liebten sie. Woraus ganz klar folgte, dass Mathilde sie hasste.

Régine nahm ihrem Chef Arbeit ab, wo immer sie nur konnte, woraus sich ergab, dass sie auch mal Mathilde etwas zum Schreiben übergab. Allerdings nur einmal; denn Mathilde fuhr sie an:

„Ich bin die Sekretärin des Chefs, nicht Ihre. Wenn er mir das zum Schreiben gibt, werde ich es machen. Sonst nicht."

Mathildes Feindseligkeit ließ sich kaum überhören. Daher verzichtete Régine darauf, ihr zu erläutern, dass der Auftrag ja vom Chef käme. Sie wollte die Situation nicht eskalieren lassen. So taktvoll Régine sich auch verhielt, Mathilde kochte vor Wut.

In der nächsten Zeit kursierte die Flüsterparole, dass Régine das Betthäschen des Chefs sei und dass dessen Frau schon Verdacht geschöpft habe. Alle warteten auf den großen Knall, der nie kam. Mathilde hatte sich für Régines vermeintliche Anmaßung gerächt.

Damit nicht genug, sorgte Mathilde dafür, dass öfter mal Unterlagen, die für Régine bestimmt waren, unter Stapeln von unwichtigen Papieren verschwanden. Texte, die Régine dringend benötigte, schrieb Mathilde nur mit Verspätung. Solche kleinen Sticheleien ignorierte Régine einfach. Sie war viel zu sehr Profi, um sich auf einen Kleinkrieg mit einer Sekretärin einzulassen.

Einen Lichtblick schien es zu geben, als Mathilde eines Tages Régine fragte, ob sie Lust auf eine Tasse Kaffee habe.

„Oh ja, gerne. Vielen Dank!", antwortete Régine freundlich lächelnd. Sie wollte nicht nachtragend sein und hoffte wohl immer noch, Frieden mit Mathilde schließen zu können.

„Na so ein Pech. Ich habe gerade keinen mehr übrig", bemerkte Mathilde süffisant, währen sie sich die letzte Tasse eingoss.

Régine behielt unerschütterlich ihr Lächeln bei und meinte:

„Freut mich, dass ich zu Ihrer guten Laune beitragen konnte."

Die beiden würden sich nicht mehr grün werden. Was auch nicht notwendig sein würde; denn Régine stieg in der Karriereleiter schnell weiter auf und wechselte auf eine bessere Stelle.

Männerjagd

Mathilde setzte ihre Männerjagd mit verschiedenen Tricks fort, hatte wohl auch den einen oder anderen One-Night-Stand. Nach Belieben verbreitete sie Details über ihre Abenteuer im Betrieb, wobei die Opfer natürlich nichts davon mitbekamen.

Mit Robert hatte sie sich eingelassen, weil er verdammt gut aussah. Sie näherte sich ihm, als er im Vorzimmer auf ein Gespräch mit dem Chef wartete. Ganz nahe trat sie an ihn heran strich ihm mit der Hand über den Arm und meinte anzüglich:

„Na, langweilst du dich beim Warten? Soll ich dir die Zeit vertreiben?"

Robert wusste nicht recht, was er antworten sollte. Stattdessen erwiderte er ihren Annäherungsversuch in gleicher Weise wie sie: Er streichelte ihren Arm. Es war Sommer und beide trugen kurze Ärmel. Es traf also Haut auf Haut. Mathilde genügte das, um zum Frontalangriff vorzugehen. Sie küsste Robert auf den Mund. Der ließ eine solche Gelegenheit nicht ungenutzt verstreichen und küsste zurück. Schon war eine wilde Knutscherei im Gange, die sich fortsetzte, bis der Chef über die Gegensprechanlage Robert hineinrief.

„Wir sehen uns nach Dienstschluss", konnte Mathilde ihm gerade noch zuraunen.

Eine kurze Affäre schloss sich an, von der beide letztlich enttäuscht waren.

Wenn Mathilde gehofft hatte, sich auf diese Weise einen Mann angeln zu können, so hatte sie sich getäuscht. So, wie sie die Sache anpackte, war das Unterfangen von Anfang an nicht auf Dauer angelegt, ein Umstand, den Mathilde nie verstehen würde.

Hinzu kam, dass sie gleichzeitig mit Manuel anbandelte, weil der eine vielversprechende Karriere vor sich zu haben schien. Als sie ihm einige Dokumente vorlegte und erläuterte, wo er gegenzeichnen sollte, beugten sie sich gleichzeitig über die Papiere. Dabei arrangierte Mathilde, dass der oberste Knopf ihrer Bluse aufsprang und einen Blick auf ihren üppigen Busen freigab, dem Manuel sich kaum entziehen konnte, es sei denn, er hätte die Augen geschlossen.

Mathilde schoss ihm einen gezielten Blick derart in die Augen, dass der arme Kerl sich ertappt fühlen musste. Dann fragte sie gurrend:

„Gefällt dir, was du siehst?"

Manuels Gesicht verzog sich zu einem breiten Grinsen und schon hatte er sie in den Arm genommen.

Auch diesem Mann hatte sie sich förmlich an den Hals geworfen und auch diese Beziehung konnte nicht von Dauer sein.

Sie verheimlichte die gleichzeitige Beziehung vor den beiden Kontrahenten, erzählte sie aber sonst gern herum.

Widerstand überging sie. Da gab es diesen Stefan in der Buchhaltung, ein stiller, schüchterner Typ, der ihr aber irgendwie gefiel. Ihre Annäherungsversuche ignorierte er. Wahrscheinlich bemerkte er sie nicht einmal, da er in seiner eigenen Welt lebte. Mathilde trat heimlich hinter ihn, als er an seinem Schreibtisch saß, verwuschelte erst seinen Lockenkopf, hielt dann seine verträumten Augen zu und fragte schelmisch:

„Rate mal, wer da ist!"

Stefan hatte keine Idee und bekannte wahrheitsgemäß:

„Weiß ich nicht."

„Ich bin's: Mathilde", rief sie fröhlich und setzte sich auf seinen Schoß.

Nolens volens fügte Stefan sich seinem Schicksal und pussierte für ein paar Tage mit Mathilde. Dann hatte sie genug von ihm.

Mit anderen ging es weiter. Mathilde hoffte wohl, durch diese Affären begehrenswert zu erscheinen, aber das Gegenteil war der Fall. Sie wurde allgemein nur als die „Firmenmatratze" bezeichnet.

Von allen, mit denen sie intim zu tun hatte, enthüllte sie nicht nur sexuelle Details, sondern erfand neue Geschichten dazu. Besonders, wenn sie sich im Bösen von den betreffenden Personen getrennt hatte, konnten diese Verleumdungen ins Bösartige gehen. Einem sagte sie sogar Sodomie nach.

Und das kam so: Mathilde brachte Edgar, mit dem sie eine Zeitlang eine Beziehung laufen hatte, die monatlichen Zahlen seiner Abteilung, die diesmal besonders schlecht ausgefallen waren. Edgar sah sie sich an und rief:

„Ich glaub, mich knutscht ein Elch!"

Diese Redewendung war damals ziemlich gebräuchlich und rief den Vergleich mit einem unmöglichen Ereignis auf. Sie bedeutete so viel wie:

„Das kann doch nicht wahr sein!"

Mathilde kannte die Redewendung nicht. Sie hörte nur etwas von „Elch" und „kutschen" und dachte sofort an „Sex mit Tieren". Das ist kennzeichnend für Personen dieser Art. Sie hören gar nicht richtig hin, sondern filtern alles Gehörte nach sensationsträchtigen Inhalten.

Daher meinte sie:

„Also: Wenn du mit Elchen rumvögelst,, solltest du mir das aber schon sagen. Wer weiß, was man sich da einfängt!"

Edgar glaubt, sie wolle rumblödeln und machte mit:

„Jetzt weißt du es. Na, wie wär's: Möchtest du mit dem Elch und mir einen Dreier schieben?"

Daraufhin war Mathilde wütend aus dem Zimmer gerannt.

Bei der nächsten Kaffeepause erzählte sie die Sache Thea und Bea, ihren Klatschschwestern:

„Der Edgar treibt es mit einem Elch! Hat er mir selbst erzählt."

Die beiden konnten es kaum glauben und fragten nach:

„Hast du da nicht etwas falsch verstanden?"

„Nein, ich bin ganz sicher. Er hat mir sogar vorgeschlagen, einen Dreier mit ihm und dem Tier zu machen."

Thea rief entgeistert:

„Das ist ja abscheulich!"

Und Bea bekräftigte:

„Ganz widerlich!"

Die Drei amüsierten sich köstlich über die angebliche männliche Verirrung. Bevor sie sich trennten, gab Mathilde ihren Freundinnen mit auf den Weg:

„Aber das bleibt unter uns!"

„Klar!", antworteten die beiden, was so viel bedeutete wie: Wir erzählen es allen bis auf Edgar.

Edgar wunderte sich in der nächsten Zeit, warum alle kicherten, wenn sie ihn sahen. Er würde nie erfahren, warum. Ernst wurde die Geschichte von keinem genommen.

Folgen

Natürlich kam es zu Vergeltungsaktionen. Als Weihnachtsfeier veranstaltete die Firma eine Stehparty. Alle sprachen miteinander und Markus trat mit ein paar Freunden zu Mathilde, die mit Thea und Bea am Rande stand. Über Markus hatte Mathilde auch schon Flüsterparolen in Gang gesetzt: dass er ein Sittenstrolch und Busengrapscher sei. Markus war einer jener jungen Männer, die hübschen jungen Frauen hinterherpfeifen und wohl auch das eine oder andere Abenteuer mit ihnen erleben. Eigentlich harmlos. Was hatte nun Mathilde tatsächlich gegen Markus? Nichts – außer vielleicht, dass er ihr nie hinterhergepfiffen hatte. Sie tratschte nicht nur hinter seinem Rücken, sondern verhielt sich auch sonst feindselig ihm gegenüber.

Jetzt wollte Markus offenbar Konversation machen. Er begann:

„Es ist ja allgemein bekannt, dass jedes Jahr zu Weihnachten die hübschen Frauen der Firma zum Vorstand gerufen werden. Dort dürfen sie dann gemeinsam ein Liedchen singen und bekommen eine Sondergratifikation."

„Interessant", meinten die Mädels, die hofften, dass da noch etwas kam.

Markus fuhr fort:

„Weißt du, Mathilde, welches Lied sie da immer singen?"

„Nein ...", antwortete Mathilde.

„Ach so, wie dumm von mir. Kannst du ja nicht wissen", gluckste Markus. „Du warst schließlich noch nie bei den hübschen Frauen dabei."

Alle lachten schallend – bis auf Mathilde, die rot anlief. Dann fauchte sie:

„Und weißt du, was jedes Jahr die erfolgreichen Mitarbeiter der Firma singen?"

Wenn das eine Retourkutsche werden sollte, war sie fantasielos und lahm. Markus hebelte sie mühelos aus:

„Klar weiß ich, was wir singen", lachte er und intonierte mit guter Singstimme: „We are the Champions …"

Er hatte viele Freunde und diese fielen alle lauthals mit ein.

Diesmal ging der Sieg an Markus.

Nett war es nicht Mathilde gegenüber, aber alle hatten das Gefühl, dass sie es doch irgendwie verdient hatte.

Nun muss man zu Mathildes Verteidigung eines sagen: Wirklich nachhaltig schädlich zu wirken lag nicht in ihrer Absicht. Sie meinte zwar jede Kleinigkeit böse, das schon. Aber eine planvolle Intrige zu schmieden, dazu war sie viel zu dumm. Sie dachte immer das Schlechteste von allen und konnte weder ihre Fantasie noch ihr Mundwerk im Zaum halten. Damit richtete sie einigen Schaden an.

Aber einmal hatte es auch sein Gutes. Es gab eine Handvoll blutjunger Azubis in der Firma. Zwei von ihnen, Maik und Lisa, hatten sich ineinander verliebt, trauten sich aber nicht, sich gegenseitig ihre Gefühle zu gestehen. Als Mathilde das mitbekam, tratschte sie gleich los, dass Maik aus Liebe die Schuld für einen Fehler übernommen hätte, den Lisa begangen hatte. Die Story verbreitete sich als Flüsterparole und erreichte zwar nicht Maik und Lisa, aber doch deren Ausbilder, Herrn Schulz. Dieser stellte Lisa zur Rede:

„Lisa, ich habe gehört, dass Maik die Verantwortung für einen Fehler übernommen hat, den du begangen hast. Um welchen Fehler handelt es sich?"

Lisa wusste es nicht. Nun macht andererseits jeder immer wieder irgendwelche Fehler – auch sie – und es konnte sein, dass Maik ihr da irgendwo aus der Patsche geholfen hatte. Er war ja so ritterlich! Überhaupt ein netter Junge und so süß …

„Mädchen, träum nicht!", riss Herr Schulz sie aus ihren Gedanken. „Es spielt im Grund keine Rolle, was es war. Pass einfach in Zukunft besser auf!"

Damit war die Angelegenheit für ihn erledigt, für Lisa aber nicht. Sie suchte Maik auf und erzählte ihm die Geschichte. Maik wusste auch von nichts, sagte aber:

„Ich habe zwar bisher nichts Derartiges getan, würde aber jederzeit gern den Kopf für dich hinhalten."

Dabei sah er ihr tief in die Augen. Lisa wurde rot, schlug die Augen nieder und flüsterte:

„Das ist aber nett von dir."

Jetzt fasste Maik Mut und fragte:

„Darf ich dich dann zu einer Tasse Kaffee und einem Stück Kuchen in die Cafeteria einladen?"

Lisa stimmte zu und sie hatten ihr erstes Date. Weitere folgten und die beiden wurden ein Paar.

Da hatte Mathilde zur Abwechslung einmal etwas Gutes bewirkt.

Mathildes Fähigkeiten wurden allseits anerkannt und gefürchtet. Kein Wunder, dass man sich ihrer zu bedienen versuchte, wenn man Meinungen manipulieren wollte. Eines Tages gab es einen Machtkampf unter zwei Assistenten der Geschäftsleitung, Manfred und Arthur. Es ging um die Leitung einer neuen Niederlassung mit gewaltigen Aufstiegschancen. Manfred bezirzte Mathilde, um sie für seine Sache zu gewinnen:

„Mathilde, du bist doch ein Goldstück. Glaubst du nicht, du könntest ein bisschen Schicksal zu meinen Gunsten spielen?"

Und Mathilde sprang darauf an:

„Na, wenn du mich so lieb bittest, kann ich ja wohl kaum nein sagen."

Schon war der Fall geklärt. Mathilde streute das Gerücht, dass Arthur versuche, Manfred zu verunglimpfen. Genauer spezifizierte sie: Arthur behaupte überall grundlos, dass Manfred jegliche Sachkenntnis vermissen lasse.

Die Mitarbeiter der Firma wollten schon wissen, wer von „denen da oben" weiterkam und wer nicht. Sie hatten Arthurs angebliche Verleumdungen nicht gehört, wohl aber Manfreds Dementi. Mathildes

Maschinerie funktionierte wie geschmiert. Überall sprach man darüber, wobei man sich weniger für das Dementi interessierte als dafür, was da eigentlich dementiert werden sollte. Was war da dran? Verfügte Manfred wirklich über so wenig Sachkenntnis?

Man versuchte, es herauszubekommen, beobachtete Manfred, stellte ihm Fangfragen und glaubte, entsprechende Beobachtungen zu machen. Am Ende setzte sich die Überzeugung durch, dass Manfred nicht qualifiziert wäre, und diese Flüsterparole verbreiteten sich bis in die Vorstandsetage.

Der Schuss war nach hinten losgegangen. Arthur bekam den Job und Manfred sprach nicht mehr mit Mathilde. So kann es gehen, wenn man nicht überschaut, welche Wirkung einmal ausgesprochene Worte haben.

Es sollte noch schlimmer kommen. Mathilde verbreitete das Gerücht, dass eine Entlassungswelle auf den Betrieb zu käme. Sie behauptete, diese Information aus einem belauschten Gespräch ihren Chefs herausgehört zu haben. In Wirklichkeit hatte sie einfach nur irgendwelche Gesprächsfetzen falsch verstanden und mit blühender Fantasie ausgeschmückt. Alle duckten sich für eine Weile weg und waren froh, dass nichts geschah. Keiner beklagte sich bei Mathilde über die Falschinformation.

Die Entführung

Wie sollte das enden? Die allgemeine Meinung ging in die Richtung, dass Mathilde eines Tages wegen Verleumdung vor Gericht landen würde. Ob sie sich nach einer Verurteilung ändern würde, stand in den Sternen.

Es kam jedoch ganz anders.

Nicht, dass sie Falsches erzählte, wurde ihr zum Verhängnis, sondern, dass sie einmal zufällig etwas Wahres sagte.

Worum ging es?

Einmal, nach all ihren an den Haaren herbeigezogenen Geschichten, landete sie nämlich einen Volltreffer. Als Chefsekretärin hatte sie mitbekommen, dass der Chef ihrer Firma sich mehrfach mit dem Chef einer Konkurrenzfirma traf. Mehr wusste sie nicht. Aber bereits das gab ihr zu denken. Warum erfuhr sie nichts vom Inhalt dieser Treffen. Gab es keine Dokumente zu verwalten? Oder wollte man den Kreis der Mitwisser klein halten?

Sie machte sich eine Theorie zurecht: Ihre Firma sollte von ihrem größten Konkurrenten übernommen und anschließend zerschlagen werden. Das würde das Aus für einen Großteil der Angestellten bedeuten. Nicht dass sie sich wirklich für die anderen Angestellten interessiert hätte, ihr ging es nur um die Story, um ihren Auftritt als die große Enthüllerin.

Schnell hatte sie die Geschichte überall herumerzählt. Die meisten glaubten ihr nicht wirklich, waren aber doch beunruhigt und fragten bei ihren Vorgesetzten nach. So erfuhr auch der Vorstand von den Gerüchten und war nicht gerade angetan. Da hatte diese Person doch mit ihrem Schrotschuss einen Treffer gelandet! Wenn das breitgetreten würde, könnte es dem Vorhaben schaden.

Mathilde musste verschwinden. Mord kam nicht in Frage. Es genügte, sie aus dem Verkehr zu ziehen, bis der Deal durch war. Man beauftragte Spezialisten, sich um die Sache zu kümmern. Einzelheiten wollte man nicht wissen. Die Spezialisten entführten Mathilde und hielten sie gefangen.

Die Bewachung wurde im Schichtbetrieb durchgeführt. Einer hielt immer Wache und hatte ein Auge auf Mathilde. In der Tat hielt die Gefangene ihre Bewacher auf Trab. Mal wollte sie dies, mal das.

Bald spielte sie auch ihr Talent aus: Sie erzählte dem einen Bewacher, was der andere über ihn gesagt haben sollte, und umgekehrt. So sorgte sie für böses Blut unter den Bewachern, bis diese fast aufeinander losgingen. Zu einem Ausbruch konnte Mathilde das letztlich doch nicht nutzen, aber es war ihre Rache für ihre Gefangenhaltung.

Schließlich war der Deal offiziell durch und Mathilde wurde freigelassen. Sie ging zur Polizei, konnte aber die Entführer nicht beschreiben, da die immer nur maskiert aufgetreten waren. Die Story von der Zerschlagung der Firma glaubte ihr auch keiner; denn die Firma war zwar übernommen, aber nicht zerschlagen worden. Ferner hatte sie über keine nennenswerten Informationen verfügt, die irgendwelche

Schlüsse ermöglichten. Wer sollte sie wegen ihrer absurden Fantastereien entführen?

Ein Motiv konnte nicht gefunden werden und die Ermittlungen wurden eingestellt.

Die Wende

Alles spielte sich wieder ein.

Mathilde, Thea und Bea saßen wieder beim Kaffeeklatsch beisammen. Eigentlich hatten sie vorher gar nicht damit aufgehört. Sie saßen fast ununterbrochen zusammen. Offenbar hatten sie nicht viel anderes zu tun. Das war zwar in der Chefetage durchaus bemerkt worden, aber man ließ sie gewähren, weil sie, wenn Not am Mann (oder der Frau) war, bereit waren, auch einmal mehr als das Vorgeschriebene zu tun.

Heute nun gesellte sich Erwin zu den drei Grazien, ein schmächtiges bebrilltes Männlein, das schüchtern fragte, ob er nähertreten dürfe. Thea strahlte ihn an und sagte:

„Natürlich, lieber Erwin, setz dich zu uns. Möchtest du eine Tasse Kaffee?"

Was war da los? Lief da etwas zwischen den beiden? Mathilde und Bea dachten sich ihren Teil und zogen sich unauffällig zurück. Tatsächlich flirteten Erwin und Thea miteinander. Das setzte sich fort und ein paar Monate später heirateten sie. Mathilde und Bea waren zur Hochzeit eingeladen.

Danach hatte Thea gekündigt, um künftig die Hausfrau zu spielen. Mathilde und Bea hielten ihre Kaffeerunde nur noch zu zweit ab. Sie machten sich nichts vor: Sie waren die Übriggebliebenen, diejenigen, die von den Männern verschmäht wurden, die alten Jungfern. Was blieb ihnen anderes übrig, als über die Männer herzuziehen? Mathilde schimpfte:

„Männer sind Schweine. Wieso glauben sie, etwas Besonderes zu sein? Keine Frau sollte einen Mann anhimmeln."

Und Bea stimmte ihr zu:

„Frauen sind sowieso die besseren Menschen. Ich könnte nie einen Mann lieben, höchstens eine Frau."

Dabei warf sie Mathilde einen verstohlenen Blick zu, den diese aber bemerkte. und mit den Worten zurückgab:

„Auch ich würde dich jedem Mann vorziehen."

Und schon lagen sie sich in den Armen.

Jetzt hatten sie den Salat. Wenn andere spitzkriegten, was hier abging, wären sie bald als lesbisch verschrien. Sicher würde ihnen heutzutage niemand einen Vorwurf daraus machen, aber in einer konformistischen Gesellschaft wie dieser Firmenbelegschaft würde der Verdacht doch genüsslich breitgetreten werden. Das Selbstbewusstsein der beiden reichte offenbar nicht aus, das wegzustecken

Sie beschlossen daher, ihre Zuneigung geheim zu halten. Leichter gesagt als getan. Dass sie nun immer zu zweit zusammensaßen, entging den anderen Plappermäulern, die es ja auch noch gab, durchaus nicht. Und schon entstanden die befürchteten Gerüchte. Der Wahrheitsgehalt interessierte niemanden dabei.

Mathilde bekam jetzt ihre eigene Medizin zu schmecken. Und sie war weitaus schlechter im Nehmen als im Austeilen. Schließlich hielt sie es nicht mehr aus und beschloss zu kündigen. Sie ging zum Chef, um ihm ihren Entschluss mitzuteilen. Dieser hörte erstaunt zu und fragte sie nach den Gründen. Da Mathilde Vertrauen zu ihrem Chef hatte, erzählte sie ihm alles. Der Chef meinte dazu:

„Diese Diskriminierung brauchen sie sich nicht gefallen zu lassen. Wir haben eine Gleichstellungsbeauftragte hier in der Firma, die sich um die Sache kümmern kann. Da wird etwas geschehen. Wegen so etwas brauchen sie nicht zu kündigen."

Mathilde wandte ein:

„Die Anfeindungen lassen sich ja nicht nachweisen. Da wird nur hinter meinem Rücken getuschelt und ich bin praktisch wehrlos."

Erstaunlich, wie gut Mathilde jetzt die Situation ihrer Opfer erkannte. Kam es dazu nur, weil sie jetzt auf der anderen Seite stand, oder hatte sie Einsicht in ihr eigenes Fehlverhalten erlangt?

Der Chef meinte dazu:

„Böse Gedanken kann man nicht verbieten, ebenso wenig wie Flüsterparolen. Da müssen Sie drüberstehen! Wenn es allerdings zu nachweisbarem Mobbing kommen sollte, müssen Sie es dokumentieren und mich informieren, so dass wir mit aller Härte dagegen vorgehen können. Denken Sie daran, dass nicht alle Ihnen schaden wollen! Halten Sie sich an die, die Ihnen wohlgesonnen sind!"

Er sah Mathilde freundlich an und fügte hinzu:

„Sie werden von vielen hier geschätzt, besonders von mir. Überlegen Sie sich doch noch einmal, ob Sie nicht bleiben könnten!"

Dann setzte er noch ein Schmankerl obendrauf und gewährte ihr eine Gehaltserhöhung. Darauf hatte Mathilde so lange gewartet. Jetzt, da sie diese Gehaltserhöhung endlich bekam, konnte sie doch nicht mehr einfach gehen.

Sie blieb.

Um das Gerede kümmerte sie sich nicht. Auch sie selbst streute keinen Klatsch mehr und nahm nicht mehr daran teil. Sie wollte keine Dreckschleuder mehr sein und schaffte diese Wende. Sie hörte zwar noch zu, wenn man ihr etwas erzählte, posaunte es aber nicht gleich wieder hinaus. Schon gar nicht erfand sie fortan noch irgendwelche Schauergeschichten.

Sie wurde eine angenehme ruhige Person.

Seit sie nicht mehr tratschte, erfuhr sie sogar mehr als vorher. Man sagt zwar: Wer Tratsch hören will, muss auch Tratsch beisteuern. Aber in ihrem Fall galt das nicht. Sie hatte ein dickes Kreditpolster auf der Tratsch-Bank.

Wenn sie jetzt Verschwiegenheit zusicherte, hielt sie sie auch ein. Da sie viele Leute hier kannte, gehörte sie zu den bestinformierten Personen, was soziale Strukturen betraf. Hätte sie weiterhin tratschen wollen, hätte sie fundiertere Geschichten liefern können als vorher. Das tat sie aber nicht. Stattdessen konnte sie gute Ratschläge erteilen, ohne alle Hintergründe preiszugeben. Das wurde gewürdigt.

Sie war kaum wiederzuerkennen, war allen Mitarbeitern wohlgesonnen und bekam das auch von allen Seiten zurück.

Was noch besser war: Mathilde hatte endlich ein Privatleben.

Sie zog nämlich mit Bea zusammen. Es dauerte nicht lange, bis die beiden heirateten und Kinder adoptierten. Sie wurden glücklich miteinander und betrachteten es als Glücksfall, dass sie sich gefunden hatten.